この本《ほん》を、私《わたし》のように、西洋的《せいようてき》な想像《そうぞう》の世界《せかい》とアジア的《てき》な美学《びがく》が好《す》きなすべての人《ひと》に捧《ささ》げる。

私《わたし》の夢《ゆめ》は、この二《ふた》つの世界《せかい》を一《ひと》つにまとめる事《こと》であり、読者《どくしゃ》の皆様《みなさま》もまた、この本《ほん》によって夢《ゆめ》を見《み》ることができればと願《ねが》っている。

最後《さいご》に、その神的《しんてき》なタッチでイラストを描《えが》いてくれたフルールDに感謝《かんしゃ》する。

ロザリス

この本《ほん》を、私《わたし》の家族《かぞく》、私《わたし》のファン《ふぁん》、私《わたし》をいつも支《ささ》えてくれたすべての人《ひと》たちに捧《ささ》げる。

作業《さぎょう》を手伝《てつだ》ってくれた(私《わたし》の最愛《さいあい》の人《ひと》である)アルリックとブニに感謝《かんしゃ》したい。

そして、彼女《かのじょ》がいなければこのプロジェクトが日《ひ》の目《め》を見《み》なかったであろうロザリスにも感謝《かんしゃ》を申《もう》し上《あ》げる。

フルールD

女性的《じょせいてき》な神々《かみがみ》

古代神話《こだいしんわ》の美《び》

ストーリー
ロザリス

イラスト
フルールD

日本語訳
NAKATSU MASAYA

Magical Girl Collection

Univers Partagés Éditions

ここに描《えが》かれる神的《しんてき》なもの、それは、美的《びてき》であり、それでいて力強《ちからづよ》く、そして魅力的《みりょくてき》である。

それは、私達《わたしたち》の記憶《きおく》の中《なか》に存在《そんざい》し続《つづ》け、また、その物語《ものがたり》はとても象徴的《しょうちょうてき》でもある。

おそらくそれは、この古代《こだい》ギリシアの女神《めがみ》たちが我々《われわれ》に希望《きぼう》というものを与《あた》えてくれるからであろう。

彼女《かのじょ》たちは、我々《われわれ》を陶酔《とうすい》させる唯一《ゆいいつ》の存在《そんざい》ではない。

繁栄《はんえい》した自然《しぜん》の中《なか》にいるニンフたち、情熱的《じょうねつてき》な冒険《ぼうけん》を生《い》きた女性《じょせい》の英雄《えいゆう》たち。

この本《ほん》では、これらの女性《じょせい》が、あなた達《たち》、読者《どくしゃ》を、決《けっ》して忘《わす》れることのない世界《せかい》に導《みちび》く。

目次《もくじ》

ギリシアの女神《めがみ》たち

古代世界《こだいせかい》の偉大《いだい》なる支配者《しはいしゃ》たち、

この女性《じょせい》たちは、すべてのものをしのぐ力《ちから》を持《も》つが、
同時《どうじ》に、我々《われわれ》にとても身近《みぢか》な存在《そんざい》でもある。

心《こころ》は常《つね》に高揚《こうよう》の中《なか》にある。

私《わたし》は万物《ばんぶつ》の母《はは》であり、すべては私《わたし》から始《はじ》まる。

私《わたし》は地球《ちきゅう》そのものである。そう、あなた達《たち》が生《い》きるその場所《ばしょ》である。

私《わたし》がいると、混沌《こんとん》はもう存在《そんざい》しなくなる。

私《わたし》が天《てん》と、ティーターンを創造《そうぞう》した。

しかしまた、異形《いぎょう》の者《もの》や巨人《きょじん》を生《う》み出《だ》したのも私《わたし》である。

私《わたし》はガイア、原始《げんし》の女神《めがみ》。

私《わたし》は、万物《ばんぶつ》の母《はは》であり、あなた達《たち》に豊穣《ほうじょう》をもたらす。

しかしまた死者《ししゃ》を呼《よ》び寄《よ》せる母《はは》でもある。

この私《わたし》が持《も》つ二《ふた》つの顔《かお》に、おびえないでほしい。

あなた達人間《たちにんげん》は、私《わたし》が手《て》掛《が》けた、もっとも美《うつく》しい創造物《そうぞうぶつ》であるから。

私《わたし》はガイアの娘《むすめ》であり、ティーターンの一人《ひとり》。

私《わたし》の子供《こども》たちは、種々《しゅしゅ》の神々《かみがみ》であるが、

彼《かれ》らについては、もうすぐ知《し》ることになるであろう。

私《わたし》は世界《せかい》に君臨《くんりん》してきた。

また、子供《こども》たちが、同《おな》じように世界《せかい》に君臨《くんりん》できるように、

すべての事《こと》を成《な》し遂《と》げた。

私《わたし》はレア、神々《かみがみ》の母《はは》。

レアの娘《むすめ》であり、私無《わたしな》しには、何事《なにごと》も正常《せいじょう》に働《はたら》かない。

植物《しょくぶつ》、動物《どうぶつ》、人間《にんげん》はその成長《せいちょう》をやめてしまう。

しかし、私《わたし》に安《やす》らぎが訪《おとず》れると、硬《かた》い大地《だいち》にたちまち果実《かじつ》が実《みの》る。

私《わたし》はデメテル、植生《しょくせい》と肥沃《ひよく》の女神《めがみ》。

安心《あんしん》してほしい、私《わたし》は何《なに》よりも大地《だいち》と田畑《たはた》を愛《あい》する。

私《わたし》は喜《よろこ》んで、農耕《のうこう》の術《すべ》を教授《きょうじゅ》しよう。

そして、もし、あなた達《たち》が私《わたし》を喜《よろこ》ばせたいなら、

素晴《すば》らしい麦《むぎ》の穂《ほ》を一本《いっぽん》くれればいい。

私《わたし》はレアの娘《むすめ》であり、ゼウスの妻《つま》である。

私《わたし》は、嫉妬心《しっとしん》が強《つよ》いと白状《はくじょう》せざるを得《え》ない。

また、まさにそうであると、あなた達《たち》も認《みと》めてほしい。

この天《てん》の神《かみ》は、魅了《みりょう》することを止《や》めなかった。

他《た》の女神《めがみ》たちを、そして、人間《にんげん》の女《おんな》たちでさえも。

しかし、女性《じょせい》たちよ、怖《こわ》がらないでほしい。

私《わたし》は、あなた達《たち》の守《まも》り神《がみ》なのだから。

私《わたし》はヘラ、婚姻《こんいん》と受胎《じゅたい》の女神《めがみ》。

ヘラの娘《むすめ》である私《わたし》は、あなた達《たち》の心《こころ》の中《なか》にある愛情《あいじょう》と、熱情《ねつじょう》そのものである。

私《わたし》の壮麗《そうれい》さは、すべての情熱《じょうねつ》を引《ひ》き起《お》こす。

私《わたし》はアフロディーテ、美《び》の女神《めがみ》。

私《わたし》は海《うみ》の泡《あわ》から生《う》まれ、私《わたし》をかすめて吹《ふ》いた風《かぜ》が、私《わたし》を見事《みごと》な貝殻《かいがら》の上《うえ》まで運《はこ》んでくれた。

私《わたし》は最上《さいじょう》の美貌《びぼう》を持《も》つ。

私《わたし》を怒《おこ》らせようとしないでほしい。

なぜなら、私《わたし》は皆《みな》から愛《あい》され畏《おそ》れられているのだから。

私《わたし》は、太陽《たいよう》の神《かみ》であるアポロンの双子《ふたご》の兄弟《きょうだい》である。

セレネ、ヘカテーとともに、月《つき》の女神《めがみ》の一人《ひとり》である。

何《なに》よりもまず、私《わたし》はシカなどの動物《どうぶつ》を愛《あい》している。

豊穣《ほうじょう》な自然《しぜん》の中《なか》で、森《もり》や山《やま》の中《なか》で、私《わたし》の敬虔《けいけん》な従者《じゅうしゃ》であるニンフたちとともに、動物《どうぶつ》たちを温《あたた》かく見守《みまも》っている。

私《わたし》はアルテミス、自然《しぜん》の女神《めがみ》。

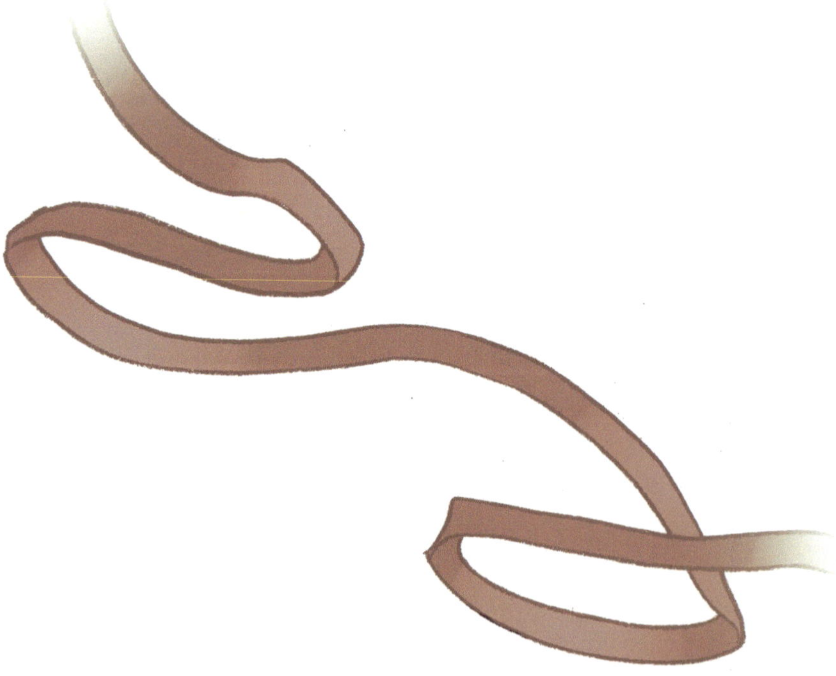

私《わたし》はアテナ、戦争《せんそう》の女神《めがみ》。

私《わたし》は鬨《とき》の声《こえ》と共《とも》に誕生《たんじょう》した。

ゼウスの頭《あたま》から、母親《ははおや》を知《し》らぬままに。

しかし、私《わたし》は人間《にんげん》たち、英雄《えいゆう》たち、そしてアテナイ人《じん》たちの守《まも》り神《がみ》である。

もし、彼《かれ》らの功績《こうせき》をご存《ぞん》じなら、私《わたし》は彼《かれ》らの協力者《きょうりょくしゃ》だった。

ベレロポーン、イアソン、ヘラクレス、ペルセウス、オレステス、そしてまた、オデュッセウスの。

私《わたし》は英知《えいち》の化身《けしん》であり、どのような芸術《げいじゅつ》においても、弱《よわ》みを持《も》たない。

私《わたし》はハーデスの妻《つま》であり、一年《いちねん》の半分《はんぶん》を彼《かれ》と共《とも》に冥界《めいかい》で暮《く》らす。

デメテルの娘《むすめ》であり、一年《いちねん》のもう半分《はんぶん》は、母《はは》と共《とも》に地上《ちじょう》で過《す》ごす。

私《わたし》の地上《ちじょう》への回帰《かいき》は季節《きせつ》の変《か》わりを告《つ》げる。もちろんそれは、私《わたし》の母《はは》のせいであるのだが。

春《はる》と夏《なつ》は、麦《むぎ》が、私《わたし》の回帰《かいき》と共《とも》に再生《さいせい》し、

秋《あき》と冬《ふゆ》は、死後《しご》の世界《せかい》へ向《む》かう人々《ひとびと》と共《とも》に過《す》ごす。

私《わたし》はペルセポネ、死《し》の女神《めがみ》。

私《わたし》は、あなた達《たち》が朝《あさ》に見《み》る最初《さいしょ》の女性《じょせい》である。

なぜなら、一日《いちにち》の始《はじ》まりを告《つ》げるのは私《わたし》なのだから。

私《わたし》はエオス、暁《あかつき》の女神《めがみ》。

おそらくあなた達《たち》は、空《そら》にある、私《わたし》の兄弟《きょうだい》である太陽《たいよう》や、私《わたし》の娘《むすめ》たちである星《ほし》を眺《なが》めるのが好《す》きに違《ちが》いない。

私《わたし》はムネモシュネ、記憶《きおく》の女神《めがみ》。

私《わたし》のおかげで、あなた達《たち》は、言葉《ことば》によっていろいろなことについて考察《こうさつ》することができる。

あなた達《たち》は、私《わたし》の子供《こども》たちの魅力《みりょく》もご存《ぞん》じのはずだ。

なぜなら私《わたし》は、ムーサたちの母親《ははおや》なのだから。

ニンフ

自然《しぜん》の神性《しんせい》、彼女《かのじょ》たちは守護《しゅご》と霊感《れいかん》を体現《たいげん》する。

彼女《かのじょ》らの善行《ぜんこう》と無頓着《むとんちゃく》さによって。

ムネモンシュネの9人《にん》の娘《むすめ》、

私達《わたしたち》は、芸術《げいじゅつ》の助言者《じょげんしゃ》であり、すべての詩的《してき》インスピレーションの源《みなもと》でもある。

私達《わたしたち》のダンスは神々《かみがみ》を喜《よろこ》ばせ、

私達《わたしたち》の歌《うた》は、あなた達《たち》が耳《みみ》にする最上《さいじょう》のものである。

私達《わたしたち》はムーサ。

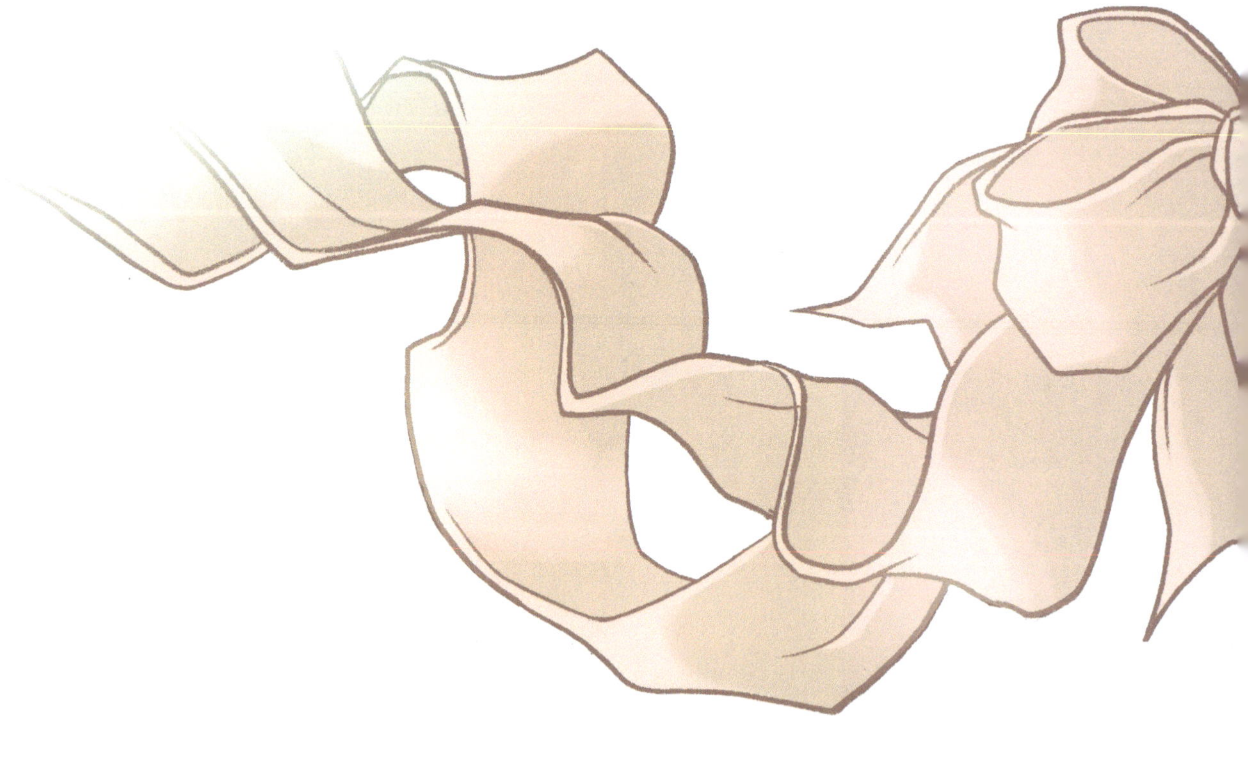

療法士《りょうほうし》であり、飼育者《しいくしゃ》でもある私達《わたしたち》は果実《かじつ》や花《はな》を成長《せいちょう》させる。

やさしく慈悲深《じひぶか》い心《こころ》で、あなた達《たち》、愛《いと》しき人間《にんげん》たちの世話《せわ》をする。

私達《わたしたち》は、ナイアス、水源《すいげん》のニンフ。

私達《わたしたち》は、海《うみ》の神《かみ》であるポセイドンのお供《とも》を務《つと》める。

イルカたちが私達《わたしたち》を運《はこ》び、真珠《しんじゅ》やサンゴは私達《わたしたち》の装飾品《そうしょくひん》である。

おそらくあなた達《たち》は、私達《わたしたち》の中《なか》の一人《ひとり》、テティスをご存《ぞん》じでしょう。

彼女《かのじょ》は、息子《むすこ》アキレウスの足首《あしくび》を掴《つか》みある川《かわ》の水《みず》に浸《ひた》し、不死《ふし》の体《からだ》にしようとしたのです。

私達《わたしたち》はネイレス、海《うみ》のニンフ。

湖《みずうみ》と川《かわ》の番人《ばんにん》、

私達《わたしたち》は3000人《にん》の少女《しょうじょ》である。

私達《わたしたち》はオケアニス、水《みず》のニンフ。

女神《めがみ》や神々《かみがみ》の遊《あそ》び相手《あいて》である私達《わたしたち》は美《うつく》しくはあるが、不老不死《ふろうふし》ではない。

洞窟《どうくつ》に住《す》み、

崖《がけ》の上《うえ》によじ登《のぼ》る、

私達《わたしたち》はアルテミスの従者《じゅうしゃ》である。

私達《わたしたち》はオレアニス、山《やま》のニンフ。

少《すこ》し恥《は》ずかしがりなダンサー、私達《わたしたち》は森《もり》の力《ちから》である。

私達《わたしたち》はドリュアス、木《き》のニンフ。

ドリュアスの一人《ひとり》であるエウリュディケをあなた達《たち》はおそらくご存《ぞん》じであろう。彼《かれ》の夫《おっと》であるオルペウスは、彼女《かのじょ》を連《つ》れ戻《もど》そうと、冥界《めいかい》まで足《あし》を運《はこ》んだ。

ただ、あんなに早《はや》く後《うし》ろを振《ふ》り返《かえ》らなければよかったのであるが。

美《うつく》しき七人姉妹《しちにんしまい》。

あなた達《たち》は、私達《わたしたち》が空《そら》で瞬《またた》いているのを見《み》ているだろうか。

私達《わたしたち》はプレイアデス、天空《てんくう》のニンフ。

オリオンから私達《わたしたち》を守《まも》るために、神々《かみがみ》は私達《わたしたち》を白《しろ》いハトに変身《へんしん》させた。そして、おうし座《ざ》の一部《いちぶ》となった。

女性《じょせい》の英雄《えいゆう》たち

神的力《しんてきちから》を持《も》たない人間《にんげん》たちだが、それでも、彼女《かのじょ》たちは
優《すぐ》れた存在《そんざい》であり続《つづ》ける。彼女《かのじょ》たちの偉業《いぎょう》は、それほど
まで世界中《せかいじゅう》のいたる所《ところ》に広《ひろ》がっているのだから。

獅子《しし》と猪《いのしし》を戦車《せんしゃ》につなぐという偉業《いぎょう》を成《な》し遂《と》げた男《おとこ》と結婚《けっこん》することを約束《やくそく》され、私《わたし》は、献身的《けんしんてき》な妻《つま》になった。

私《わたし》はアルケスティス、アドメートスの妻《つま》。

夫《おっと》の身代《みが》わりとして自分《じぶん》の命《いのち》を差《さ》し出《だ》す。私《わたし》がそれを受《う》け入《い》れたのは、愛《あい》によるものだったのだろう。

アルテミスの怒《いか》りに触《ふ》れるが、アポロンによって助《たす》けられ、私《わたし》の夫《おっと》は、私《わたし》をよみがえらせることに成功《せいこう》し、私《わたし》はまた生《い》きて夫《おっと》に会《あ》えた。

ペルセポネは私《わたし》の献身的心《けんしんてきこころ》を好《この》んでくれたから。

美《うつく》しき巻《ま》き毛《げ》の王女《おうじょ》、

私《わたし》は、繊細《せんさい》かつ抜《ぬ》け目《め》のないアリアドネ。

私《わたし》の糸《いと》は、ミノタウロスを閉《と》じ込《こ》めたラビリンスの設計者《せっけいしゃ》の裏《うら》をかくことができたことにより有名《ゆうめい》になった。

私《わたし》が渡《わた》した糸玉《いとだま》によってテセウスは、ダイダロスが作《つく》った恐《おそ》るべき迷宮《めいきゅう》から脱出《だっしゅつ》することに成功《せいこう》したのである。

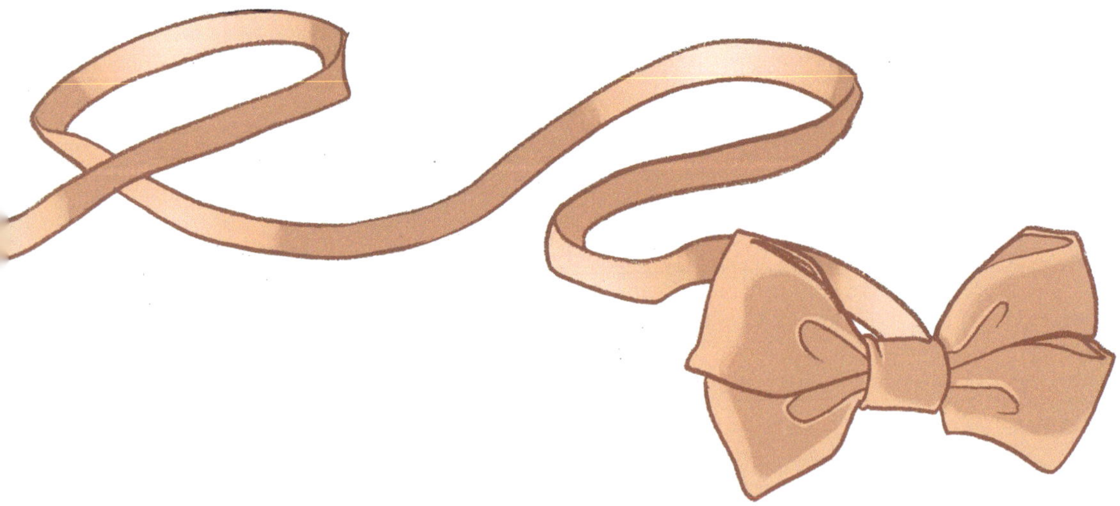

私《わたし》はアタランテ、狩《か》りの王者《おうじゃ》。

神の助けを借りずには、誰も私を負かすことはできない。

多《おお》くの求婚者《きゅうこんしゃ》がやってきたが、結婚《けっこん》をしたくない私《わたし》は、競走《きょうそう》で私《わたし》に勝《か》った者《もの》にという条件《じょうけん》を課《か》した。

ヒッポメネスが私《わたし》を手《て》にするには、アフロディーテの金《きん》の林檎《りんご》の助《たす》けが必要《ひつよう》だった。

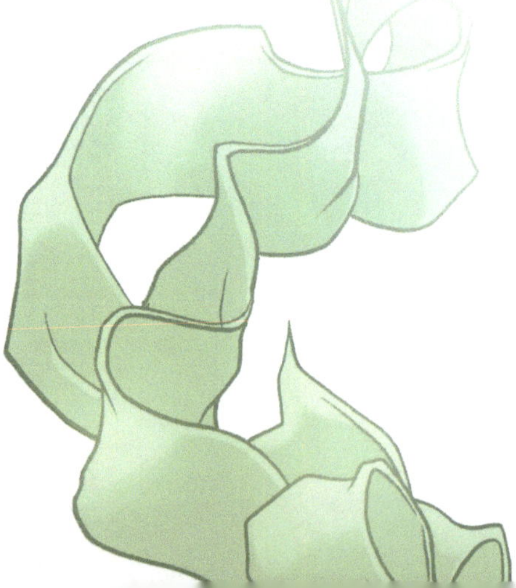

私《わたし》はプシュケ、

アフロディーテも敵視《てきし》した美《うつく》しさを備《そな》えた王女《おうじょ》である。

私《わたし》の心《こころ》を奪《うば》うために、彼女《かのじょ》は、息子《むすこ》のエロースを送《おく》り込《こ》んだが、
実際《じっさい》のところ、それは素晴《すば》らしい贈《おく》り物《もの》だった。

なぜなら、恋心《こいごころ》の神《かみ》と私《わたし》は、一目《ひとめ》で、お互《たが》いを好《す》き合《あ》って
しまったのだから。

ゼウスは私《わたし》に世界中《せかいじゅう》の禍《わざわい》が入《はい》った箱《はこ》を与《あた》え、それを開《あ》けるのを禁《きん》じた。

ヘラによって、私《わたし》は恐怖心《きょうふしん》に打《う》ち勝《か》てるような気《き》にさせられ、固《かた》く閉《と》ざされたその箱《はこ》の中身《なかみ》を見《み》ようとしたのだった。

神々《かみがみ》によって創《つく》られた人類最初《じんるいさいしょ》の女性《じょせい》である私《わたし》はパンドラ、

何物《なにもの》も私《わたし》の好奇心《こうきしん》を凌《しの》ぐことはできない。

だから私《わたし》は不思議《ふしぎ》な箱《はこ》を開《あ》けてしまったのだ。そして、私《わたし》の意《い》に反《はん》し、善《ぜん》や悪《あく》を含《ふく》むすべてのものを人類《じんるい》に与《あた》えてしまったのである。

豊《ゆた》かな世界《せかい》を創造《そうぞう》した偉大《いだい》な女神《めがみ》たちの、
自然《しぜん》や品性《ひんせい》を見守《みまも》ってきたニンフたちの、
気品《きひん》と共《とも》に歴史《れきし》を綴《つづ》ってきた女性《じょせい》の英雄《えいゆう》たちの、
彼女《かのじょ》たちの勇気《ゆうき》の価値《かち》を記憶《きおく》の中《なか》に留《とど》めて
おいてほしい。

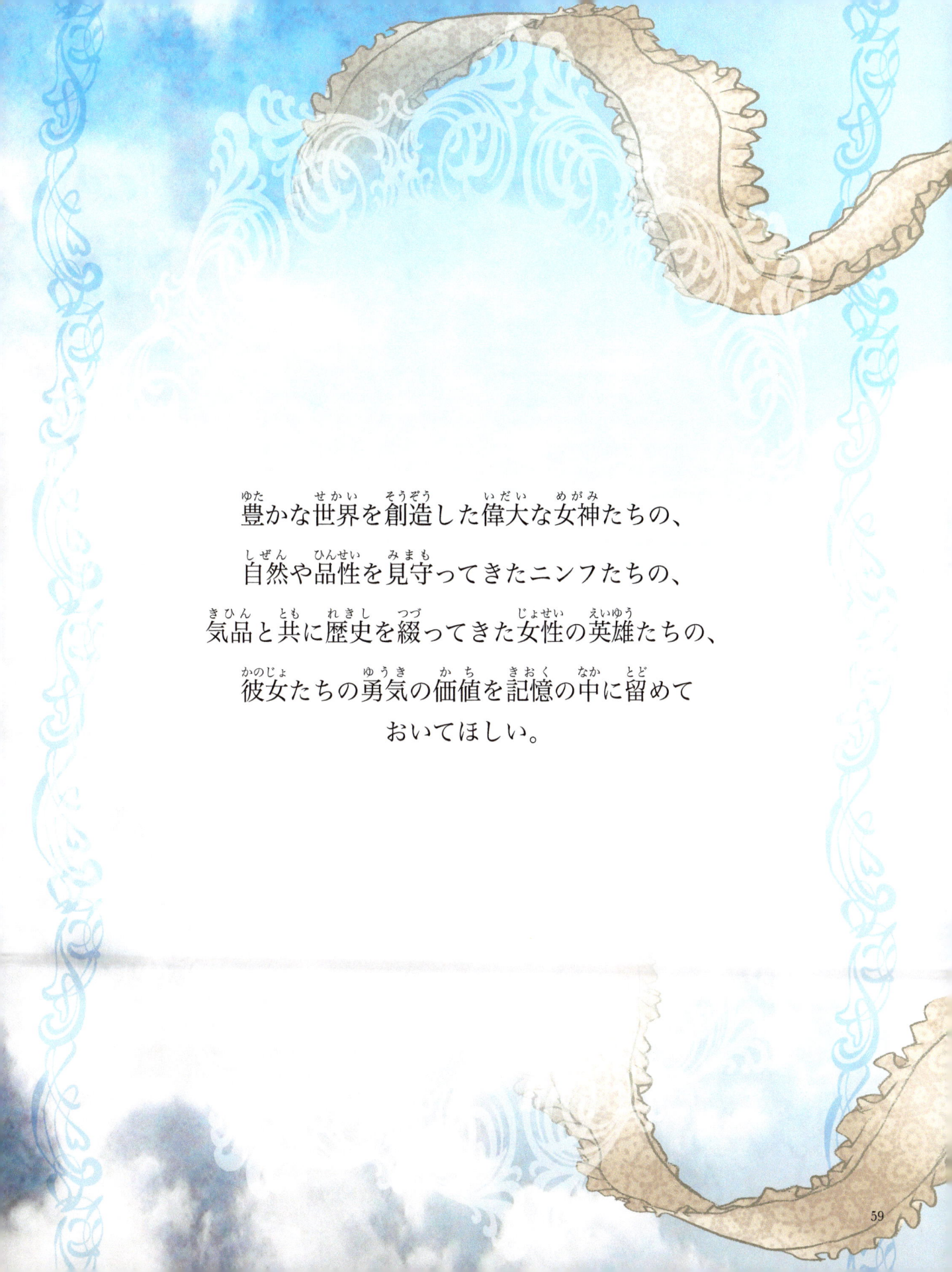

Univers partagés出版より出版された同作家の作品：

『フレジー、お菓子の魔法 』(Fraisie, la magie de la pâtisserie) – **幼児用絵本**

『Workaholic 』 – **バンドデシネ**

20 rue du Maine - 44000 Nantes - France

フランス語原文からの日本語翻訳：
NAKATSU Masaya

2014年3月発行
ISBN : 978-2-36750-033-1
グラフィックデザイン：ロザリス

www.univers-partages.org

www.ingramcontent.com/pod-product-compliance
Lightning Source LLC
Chambersburg PA
CBHW040958170626
46815CB00002B/65
* 9 7 8 2 3 6 7 5 0 0 3 3 1 *